表現叢書第一〇二篇

霜白き道

木下孝一歌集

現代短歌社

霜白き道　目次

霜白き道

平成二十三年

佐渡旅情

霜白き道

霜白き道

平成二十三年

平成二十三年

希望

宮古二首

艦載機の銃撃痕の残りゐし橋桁はつひに津波にて落つ

キャンドルに灯ともして形づくる文字「希望」は陸中宮古照らせよ

大津波に海へ攫《さら》はれし屋根にゐて犬は漂流二十日生きたり

大津波に攫はれざりしピアノあり少年がラジオ体操を弾《ひ》く

牧場を避難する牛四百頭仔牛は車に乗るを拒めり

眼《まなこ》光り身の透《す》きとほる小女子《こうなご》が海の汚染のあはれ生《い》け贄《にへ》

大津波は万のいのちを攫ひしが海へ出でな漁《いさ》りせなと声あり

島影青し

灌木のみどりの傾《なだ》り波立たせケーブルカー昇る弥彦の山を

眼下の日本海しろく霧ごもり沖はれて佐渡の島影青し

山藤のしどろに絡む木下来て宇宙線観測所の鉄塔近し

島影の青しと佐渡を望むとき弥彦の山にうぐひすの鳴く

門弟へ會津八一の言葉あり「ふかくこの生を愛すべし」とぞ

會津八一記念館四首

門下生へ秋艸道人の与へたる「学規」はいま
のわが胸を打つ

「吾《わが》心《こころ》太古にあり」とふ書のまへに秋艸道
人を思ふしづけさ

白《しら》紙《かみ》を伸べてふところ手の姿秋艸道人の写真《うつしゑ》
仰ぐ

本土寺

本土寺はあぢさゐの寺朝の雨の霽《は》れし寺域の
花を愛でゆく

紫陽花の花影蒼き苑池の水の深みに鯉をひそ
ます

白き蓮《はちす》の花は浮葉にしづまりて水の中より鯉
動きくる

築山の紫陽花は丈高くしてつゆけき青き花毬
揺るる

篁の丘より風の吹きおろす菖蒲田は花の競ひ
咲くとき

林泉《しま》の水の小さき滝をなすほとり銭洗ひ弁天
ひそと在《いま》せり

銭洗ひ弁天しろく小さきを祀れる石《いは》は濡れて
苔むす

小さなる祠《ほこら》はお稲荷さまなれば阿吽の白き狐
向き合ふ

あかときの風

原発の五キロ圏内二時間の一時帰宅かカメラが追ふは

放射能危ふきところおどろなす草木《くさき》は帰るべき道を閉ざせり

防護服白き姿にて廃屋の如きわが家の戸を開きけむ

地震《なゐ》の日に逃れしままの家に来て親の遺影を探ししといふ

朱のバラを咲かせて風に揺るる枝空蟬縋《すが》りゐたるはあはれ

茅蜩《ひぐらし》の生《いき》の諸《もろ》ごゑを詠みましし師をかなしめ
ばあかときの風

『礒幾造全歌集』上梓待つ日々を芙蓉の花に
晩夏光差す

秋過ぎて

この街の秋祭ゆゑタクシーは病院へ廻り道をして行く

思ひがけぬ怪我にて入院したる娘《こ》に好物の煎餅などを持ちゆく

骨折の痛み悔しみに耐ふる汝《な》はカーテン閉ざしひそやかにゐつ

松葉杖突くリハビリを始めしと電話のこゑの
けふは明るし

同時多発テロより十年思ひ出づる妻はテレビ
に目をそむけゐし

病む妻と見しテレビにビルは崩え落ちきその
秋過ぎて妻は果てにき

亡き吾子を悼《いた》みたまひし師の歌に実を結ぶ芙蓉の一首ありしか

少年を悼み来し家秋の日に芙蓉はひそけく実を結びゐつ　礒幾造『碧泉』

幼くて母を亡くしし師は苑の母子《ははこ》の像を殊に愛《を》しみき

師が杖に歩みましけむ岡の上の欅大樹は黄葉《もみぢ》初めしか

道

むらさめに少し濡れきて道といふ茶房に入りぬその名親しく

茶房「道」にけふ語りたりこの街に中学生なりし戦時下のこと

葱畑に沿ひて霜柱踏み行きき勤労動員に通ふ朝は

機関砲の弾丸造りし夜勤明けに阪妻の「無法松の一生」を見き

かの名画「無法松の一生」を我は見き思へば六十七年むかし

この街の空にまぎれなく見し記憶B29に迫る
一機ありしか

百花園に萩過ぎて穂すすき白きころ茶房
「道」にてコーヒー啜る

東京スカイツリーを見よと浅草の花川戸の道
人力車行く

積む本の

高円寺駅よりの道歌集原稿携へて幾度《いくたび》通ひたりしか

訪ねゆく短歌新聞社門構へなき入口のドアを叩きし

積む本のはざまに石黒社長居て歌稿に編集の
文字入れましき　石黒清介氏

わが歌集原稿を手に取り上げてまづあとがき
を読み給ひけり

コーヒーをすすめられつつ若輩のわが耳に痛
き言葉も聞きぬ

戴きし歌集に感銘歌書き送れば大き字のはがき必ず賜《た》びき

霜白き道

臨時ニュース放送まへに流れたる調べ耳にあり十二月八日

光冴ゆる朝のそのころ大本営発表はアメリカ
と戦ふといふ

われは昭和の子ゆゑ忘れず十二月八日の朝の
霜白き道

疎開する弟らと別れし駅のこと師走の寒き雨
に思へり

弟は喜寿にして画歴四十年静物写実の道貫きぬ
木下義啓喜寿記念油絵展三首

末枯れゆくものへの愛をテーマとし枯れし烏瓜幾年か描《か》く

「鎮魂」とふ名の静物の油彩にて甲冑の上《へ》に枯葉散りゐつ

月蝕

大き津波がもの薙ぎ倒したるところけふの映像に穂草靡けり

鉄骨の捩《ねぢ》れ凄じき映像にその前景の穂すすきおぼろ

放射性物質含むもろもろが行き場なき日本列島の惨

わが庭に剪定したる樹々の枝も放射能高き灰となりしか

しんしんと冬の夜空に月蝕の月あり赤銅《しやくどう》いろに翳りて

白き雲遠《とほ》退《ぞ》きたれば天心に紛れなく皆既月蝕の月

慧《けい》くんがけふ浴室を磨《みが》き呉れ祖父《ぢい》われはただ感謝感謝ぞ

佐渡旅情

平成二十四年

平成二十四年

枯れ蓮

下町の資料館その大店《おほだな》の帳場に招き猫を置きたり

下町風俗資料館六首

火事などの大事に物を持ち運ぶ用心籠とふを梁に吊せり

駄菓子屋の三和土《たたき》につづく四畳半古きよき日の卓袱台を置く

郷愁に似て目守《まも》りたり三和土《たたき》狭き片方《かたへ》に駄菓子くさぐさ並ぶ

誘《いざな》はれ来たる長屋の路地奥に小唄の声は格
子戸の内

大震災記録写真の西郷像に行方不明者を捜《さが》す
貼り紙

枯れ蓮の群れ立つ茎に触《さや》りつつ列を乱して鴨
の群れゆく

蓮見茶屋冬は閉ざせる池の端《はた》枯れ蓮群《むら》に風吹くばかり

桃の一枝

梅も薔薇もその枝《え》のかたち年々に変り妻亡き十年過ぎたり

雛の日は供花《くうげ》に桃の一枝添へ亡き子亡き妻に
正信《しやうしん》偈《げ》誦す

B29に焼きつくされし彼の街に戦後はありき
なべて貧しく

福井工専通学回顧三首

バラックが建ちゆく街を横切りて通学せしか
戦後の日月

空襲に焼け残りたる校舎にて雨漏れば机を片寄せ学びき

あした雨戸開けむと足もと掬はれて地震《なゐ》か地震《なゐ》ぞと身は立ち直《なほ》る

花の震へ

吹雪く日の日本海思ふ寒鰤を思ひてけふは鰤
買ひに来つ

節分には鰯の頭食ふべきを鰤の照りやきため
らはず買ふ

恵方巻きのハーフサイズがお手頃と鬼打ち豆
と共に買ひたり

ふる雪は薔薇の枝ひとつ撓はせて如月尽のま
昼閑《しづ》けき

3・11めぐりくる日を吹雪きゐて瓦礫の山動
かざりし一年

誰しもの胸に消えざる山河あり誰しもがうた
ふふるさとの歌

その蕊を寒気にさらす白梅の花の震《ふる》へに眼《まなこ》を
寄せつ

青空に立つ

押上より業平橋へ川沿ひに東京スカイツリー
の直下を歩む

ただ真上にふり仰ぐのみ東京スカイツリーの
そそり立てる尖端

聳え立つ東京スカイツリー白銀《しろがね》のパイプトラ
ス天に引き絞られて

パイプトラス構造厳《いつ》かしき電波塔青空ふかく
貫きて立つ

川風に揺れて耀ふさくらの枝《え》ゆりかもめ近く
また遠く飛ぶ

言問橋往きて戻りて幾度かカメラをかざす東
京スカイツリーに

金環日食

わが庭の薔薇垣に朝のひかり差すまさしく日食まへの太陽

狭《さ》庭《には》辺《べ》の梅の青葉の戦ぎつつ五月二十一日の朝光《あさかげ》及ぶ

狭庭辺の芝生に梅の木の影のはつかに陰《かげ》りゆく明るさよ

日食グラスを眼《まなこ》に当てていま七時三十四分金環を見る

かすかにいま雲の過《よぎ》るか日食の金環のひかり須臾弱まりて

薄雲の霽《は》るるたまゆら日食の金のリングの
煌《きらめ》きを増す

逝く水を見る

茂吉再生―生誕130年斎藤茂吉展―
神奈川近代文学館

霧笛橋渡り来よとぞ「茂吉再生」展とふ文字が橋より見えつ

朝早く出で来しわれは霧笛橋をまなかひにする茶房に憩ふ

「写生道」の書に見《まみ》ゆるは幾《いく》度《たび》か茂吉再生展に入りゆく

最上川の岸辺に桟俵《たらばす》を敷くすがた斎藤茂吉逝
く水を見る

巣鴨病院時代の茂吉医者なれば白きを纏ひ歌
人に見えず

路上あるく孫の茂一に屈み込む茂吉の後方《しりへ》に
白き犬見えて

老の身に清き眉根《まよね》を歎きしか萩の苑に永井ふさ子と逢ひき

結城素明の描く茂吉のデスマスク白き鬚髯《しゆぜん》のすでに無かりき

佐渡旅情

順徳院の配流の遠世偲び来て皇女《みこ》のみ墓あり
青田のほとり

朽ちむとも見えて鳥居あり社《やしろ》あり草生の道は
草いきれ立つ
一宮神社

御手洗《みたらし》に水涸れて鳥居古びたり境内の草生花に虻飛ぶ

竹群《たかむら》を透す日の斑《ふ》を踏む道の苔美しく古き寺あり　慶宮寺

仰ぎみる五重の塔と大杉とその梢《うれ》わたりほととぎす鳴く　妙宣寺

茅葺きの廂のもとに瑠璃堂とふ扁額の文字を
仰ぎ読みたり

大木の椎の梢は瑠璃堂の屋根を覆はむまでに
枝張る

椎の木に椎の花の香国分寺あとの林を吹き過
ぐる風

石仏は佐渡の遍路の道しるべ松毬《まつかさ》まろぶ道に
いませり

真野の宮西の古墳へ歩む道草の乱れに野苺の
生ふ

石垣をめぐらす真野の御陵《みささぎ》に配流のみかど偲
ぶひそけさ

鶯山荘の庭

棚小田のほとりに三本立つ杉に絡める蔦は木《こ》末《ぬれ》まで伸ぶ

月牙泉とふ池に湛ふる水暮れて杉の木《こ》群《むら》の蔭ふかまりぬ

田蛙の声しきりにて鶯山荘の丘に神杉の二本《ふたもと》暮るる

神杉の二本喬《たか》く立つ杉の幹に渡して太き注連《しめ》縄《なは》

棚小田の早苗植ゑわたす水の香を感じつつをり海よりの風に

日本海を望む鶯山荘の庭居並ぶ歌碑は夕明りせり

杉森を背向《そがひ》に石のおごそかに佐渡玄冬の三四二の碑あり

佐藤佐太郎志満の碑大いなるかたへ律義に秋葉四郎の碑あり

除幕式

「表現」創刊記念の日の六月五日、「鶯山荘碑林」に於て、礒幾造、結城千賀子の親子の歌碑の除幕式が行われた。その歌、

赤松の林を透す夕日光陵に通ふ玉砂利に差す　幾造

思ひこし佐渡の島ねやあら海に銀漢しろく注げる處　ちかこ

月牙泉に蛙の声のきこえつつ草のおどろを朝風わたる

月牙泉を囲む杉群尽くる果て日本海見えて
漁船《いさりぶね》ゆく

朝光は庭のさざれを照らしゐて除幕待つ碑を
包む白布

小暮政次の歌碑の近くに先生の奥様が椅子に
つつしみいます

太田青丘絢子夫妻の歌碑のまへ司会つとむる
わが立つ位置は

けふ除幕の式を讃へて碑の前に久保田フミエ
氏多くは言はず

新しき歌碑の除幕に立ち会はれ佐渡の文化を
語りたまへり　田中要氏祝辞

先生の歌碑の除幕の紅白の綱は奥様の手に引かれたり

ここに皆の拍手はひびく新しき歌碑の片方《かたへ》に立つよろこびに

姿いま顕《あらは》しし歌碑の師の歌を君は朗詠す澄みたる声に

先生の歌碑のほとりの稚木《わかぎ》なるつつじの花は
緋のいろに咲く

磯の集落

月蝕の島の夜くらくまなかひに鬼太鼓《おんでこ》の鬼女
舞ひをさめたり

佐渡情話こころに思ふ小木《をぎ》に来て入江は青き
矢島・経島《きやうじま》

経島か矢島か知らず訪ね来て潮の流れを渡る
朱の橋

磯辺より幾許もなき狭き路地腰板張りの軒下
を行く

宿根木《しゅくねぎ》の磯の集落の保存地区「清九郎」と
ふ家を訪ぬる

千石船の印半纏と掛時計飾れる部屋に珈琲を
飲む　　茶房「やました」

千畳敷の岩高きところ祀れるは漁師の先祖
代々の墓

草茂る岩場を登りつめたれば潮風に萱草の花
吹かれゐつ

うみねこは断岸《きりぎし》に数多憩ふあり青潮の上に飛
び交ふもあり

妻と来て尖閣湾を船にゆきし遠き記憶に浪荒
かりき

硝煙の街

灼《や》くごとき炎暑つづきて狭庭辺に烏揚羽を見
ることもなし

ひびきつつ白き雨しぶきくる見れば庭樹々に
雀たちは逃げ込む

戦場たるを恐れず身をもて目撃し記録し伝ふるひとに徹しき

山本美香さん四首

迷彩服の一団を視野に留めしとき銃弾は美香さんの命《いのち》奪ひき

硝煙の街に市民を写《うつ》したる映像途切れ美香さん果てつ

美香さんの凜々しき遺影に供へたる鴨跖草《つゆくさ》の
花は天上の青

小筆の会

したたかに街にしぶける雨に濡れ小筆の会の
展示見に来つ

先生の手作りの技の表装に少年少女の筆の文
字映ゆ

手習ひの筆を楽しみ福といふ文字さまざまに
書き競ひあり

手習ひの小筆の文字に乱れなくわが歌を娘が
書きてくれたり

七年をえりかが習ひ来し筆の漢詩のことば隷《れい》
書《しょ》うるはし

砂漠の写真

加藤智津子写真展
吉祥寺ギャラリーフェイストゥフェイス

サハラ砂漠旅行く君が活写して砂礫凝《こご》しく風紋やさし

近景に礫《れき》砂漠鋭《と》く写《うつ》しゐて遠きはさざ波に似たる風紋

棗《なつめ》椰子《やし》幾本か遠く立つ見えて砂漠の果ての空の残照

ここサハラ砂漠に化石を遺《のこ》せるは太古の川の
さざ波といふ

赭《あか》き砂は山羊の屍《かばね》を閉ざしゆくサハラ砂漠の
大地のしじま

砂あかく獣《けもの》のかばね彩りて大地に還《かへ》るものの
しづけさ

夕月を仰ぐ砂漠のテントには調理の人の影映《うつ》りゐつ

象のはな子

井の頭の池巡り来ぬ神田川の源流ここに在るを知らずに

歯がひとつになりしはな子がおにぎりを好物とすとけふ知りしこと

井の頭の苑はもみぢに早くして象のはな子に逢はず帰りき

霊園

礒幾造元主宰三回忌墓参
神奈川県愛甲郡愛川町「相模メモリアルパーク」

海老名より送迎バスに揺られ来し霊園は旅愁
に似たる閑《しづ》けさ

中津川に近き霊園の丘に来て丹沢山塊を真正《まお》
面《て》に見る

丹沢の山塊の尾根つばらかに見えつつ白く雲
凝《こご》りたる

晩秋のけふ曇りたる空のもとこの塋《えい》域《ゐき》に鳥の
声なし

霊園の道の並木は常緑樹秋ふかみつつ散るもののなし

「常楽」と墓石に刻みたまひたる先師の思ひいまぞ身に沁む

常楽とふ自《し》が墓石を訪《と》ひし日の師の齢《よはひ》にぞわれは近づく

ひとりひとり香焚《た》きまつる先生の許《もと》へ携へ来
しわれら幾人《いくたり》

茂吉の山河

「楡家の人びと」展を見むと来ぬ茂吉にまな
ぶ直心《ひたごころ》にて

あはれ茂吉の山河とふ展示写真には道あり蕎麦畑白く果てなく

ここに在るは少年茂吉の習画帳線描みごとなる馬の絵のこる

龍之介が茂吉を励ましこの書翰「歌は大兄を離れず」とあり

満天の星のきらめき蔵王なる茂吉の歌碑を永《と》久《は》に照らさむ

活断層

北朝鮮のミサイルが沖縄を越えし頃われは採血の結果聞きゐつ

活断層の上に危ふく原発の建ちたる敦賀　わ
が生れし街

わが生れし敦賀に帰るときもなく原発の街の
行く方知れず

歌に兵《へい》戈《くわ》は無用とし るす小歌集投票終へ来し
手許に届く

劇的に政権変りたる年の瀬のこころは晴れず
冬ざれの庭

青雲のけむり少なしとふ香焚きて妻の忌の日
の正信偈誦す

けふは妻の命日なれば仏壇より始めて雑巾掛
け怠らず

土の徳　蘆花恒春園

苑の森のもみぢの蔭は明るくて熊笹のひかり
乱す一隅《いちぐう》

大欅の黄葉《もみぢ》ひすがら散り継ぎて秋水書院の藁
屋根古りつ

白《しら》橿《かし》の幹のふたまたその影を映す藁屋は蘆花棲みし家

少年のわれは描写といふを知りき『自然と人生』に徳冨蘆花に

土の徳大いなるかなと蘆花言ひき鍬もちて畑に立つ遺影あり

蔵王

平成二十五年

平成二十五年

冬日

大晦日元日二日の三日にて読み終りたり『沈黙のひと』小池真理子著

『沈黙のひと』読みをはりエンディングノートまだ書かぬ身を省《かへり》みる

机の上に放置久しきエンディングノート書き出だす一月三日

背《せ》筋《すぢ》痛みけふ血圧の高めなるにしんしんと庭に雪降り積る

降る雪の夕べとなりてテレビには力士が雪のごとく撒く塩

誕生日のけふ思ひ立ちスタジオにてわがポートレート写してもらふ

誕生日祝ふ思ひは半ばにて遺《のこ》すべき己が写真を撮《と》りぬ

漂流の果ての独《ひと》りの老いの死を語ることばが
テレビに聞ゆ

東京駅

明治の世の三菱が原偲びつつ駅前広場に東京
駅写す

日光《ひかげ》いま届かぬ煉瓦壁列《つら》ね古城かと東京駅の
しづまる

丸の内北口に午後の光射し照り出づる東京駅
復旧ドーム

空襲にドーム焼け落ちし東京駅夜行列車にて
父母と去りにき

焼跡に海の方より風吹くと思ふ夜暗き東京駅
なりき

月々の「表現」発送を手伝ひて東京駅丸の内
地下街行きき

東京駅丸の内地下を「表現」誌携へ行きき中
央郵便局へ

「表現」の発送ののち東京駅地下に先生とコーヒー飲みき

追悼の歌

悼真下芳雄氏三首

老いの日々に「一日一首」を試みて君の詠嘆は衰へざりき

戦場にすみれの花を摘みしより一生《ひとよ》のロマン君つらぬきし

弾痕を身に持つ君は九条に孫子《まごこ》らの幸《さち》ありと詠《うた》ひき

鐘楼は仮設なれども寺の鐘いまし響かふ海の方まで
東日本大震災より二年

被災地の寒風に咲く水仙の花とぞ犠牲者の霊
位飾るは

風に砂塵の立つ被災地の夢ならずいま春遠き
草枯れの原

遺族代表の言葉二首

黒き津波に母亡くししが未来への記憶と言ひ
きあはれ少女《をとめ》は

五月の街

悼鈴木みどり氏三首

夫《つま》ぎみは俳句みどりさん短歌夫婦の道に詩《うた》ごころ映ゆ

黄昏《たそがれ》の白木蓮を観世音菩薩のごとと君詠みましき

鈴生りのりんごに遇《あ》ひし新婚の旅詠みましき
終《つひ》の枕べ

鉢植ゑのみかんに花の多《さは》なればけふ枝ごとに
少し摘花す

鉢植ゑのみかんの稚木《わかぎ》この五月《さつき》白き花咲く蕊
のあらはに

茅《ちがや》の葉に巻かれて香りたつ粽《ちまき》けふは五月の
街に来て買ふ

夕刊を取り来て椅子に落ちつくに小さき蟻が
新聞紙這ふ

五箇山

橅《ぶな》の木々芽吹き明るき五箇山は五つの谷の村と聞きたり

樹々芽吹く五箇山の里山峡《やまかひ》の奥処《おくか》に雪の光る尾根見ゆ

五箇山の合掌造り集落は辻々に放水銃を設《しつら》ふ

囲炉裏の火守る主人《あるじ》は火吹き竹吹きをり榾《ほた》を十字に組みて

囲炉裏辺に竹吹きて火を熾《おこ》しゐし主人は薬膳茶すすめ呉れたり

梯子段危ふく踏みて上りたる板の間広く茣蓙も敷きあり

蚕の香桑の香いまは無けれども養蚕の棚並ぶ
板の間

ゐろり火に岩魚《いはな》の串を立てて焼くその傍《かたへ》にて
われは蕎麦食ふ

菅沼の里に下《くだ》りて「塩硝の館《やかた》」あり製造鑑札
のこる

塩硝を染み込ませたる古火縄《ふるひなは》火薬入れなど展示ケースに並ぶ

遠き世の加賀藩たりしこの村にひそやかに流刑小屋の茅屋根

山岨《やまそは》の杉の老木の蔭暗く合掌造りの流刑小屋あり

流刑小屋覗けば内の暗闇に囚人の人形顔ほの白し

防災

卒寿まで元気を保証さるるかと肺炎球菌ワクチン接種す

熱帯夜明くる朝の起き抜けに膝つきて庭の雑《あら》草《くさ》を抜く

夏闌けて熱風こもる狭庭辺に金蚕《かなぶん》は地に落ちて死にゆく

関東大震災の日もかくのごと暑かりしと防災訓練に聞く

防災か熱中症予防訓練か水飲みて炎暑の街を避難す

人形といへど部材の下の身を救はむとジャッキの操作習《なら》ひつ

震度７怖るる防災訓練に「災害時あんしんシート」配らる

一票空し

「舞姫《まひひめ》」も「涼夕《りやうせき》」も花終りゐて菖蒲田の
水に青き浮萍《うきくさ》

禊萩《みそはぎ》の花穂の紅《べに》を戦がせて風に稚き虻ひとつ
飛ぶ

遊説の始まる街に来《き》合《あは》せて公約の散らし摑まされたり

当選の確定に万歳せる顔をテレビに見しが目《め》眩《まひ》を感ず

わが一票空しかりしが明くる朝《あした》ラジオ体操会に出でゆく

参議院選挙結果を悔やめれどけふは丑の日うな重喰はむ

戸あくれば庭木々に蟬の声ありて八月六日けふは熱き日

ヒロシマの平和宣言に鳩飛べど東京の空に稲妻奔《はし》る

季語のこと

朝五時に起き出でテレビに見しものかカード
裏返しＴＯＫＹＯの文字

東電社長みづから土竜《もぐら》叩きといふ汚染水流れ
やまぬフクシマ

わが短歌講座の受講者のひとり俳句もどきを
書き送りきぬ

季語のこと切字《きれじ》のことを話したり短歌講座の
けふの横道

渡月橋越ゆる波打つ濁流をテレビに見たり朝
起きて先《ま》づ

新婚の旅なりしかの渡月橋の辺《あた》りより舟に
遡《さかのぼ》りしは

亡き妻の法要の日の予約すとゆふべ「木曽
路」といふ店に来ぬ

霊泉

棚小田は穫り入れのあと藁塚の霧ごもり立つ
武者の如くに

アララギの実の朱彩《いろ》ふ絨毯をわが踏めり茂吉
ゆかりの宿に

ギャラリーに歩み入るときひそやかに源泉の
香のただよふを知る

茂吉の書にここに見《まみ》ゆると立つ後《しりへ》湯上りの香
のひそと過ぎたり

「霊泉延年」茂吉の揮毫ある床の間に母子の
山形こけし飾れる

霊泉と茂吉が称《たた》へ揮毫せし宿の源泉にこの身
湯浴めり

蔵　王

椴松《とどまつ》の樹林が影のごと見えて霧は蔵王の傾《なだ》り
覆《おほ》へり

這松のみどりを綴る砂礫原湧く霧は空の青きを消しぬ

いただきに近く蔵王の霧はれて殊に莢《がま》蒾《ずみ》のもみぢ美し

先生の形見のコート身に付けて霧湧く尾根の道歩み出づ

馬の背は粗《あら》き砂礫のつづく道這松群のかたはらを行く

天空に曝《さら》す火口か雲の影映《うつ》すみどりの湖《うみ》冴えわたる

妻と来て蔵王のお釜写しし日みどりの湖《うみ》のいろ寂しみき

火口壁の深く剔《ゑぐ》れたるところ襞《ひだ》なす岩の陰影ぞ鋭《と》き

火口湖の碧《あを》き湛へにさざ波の立つか光の揺れやまなくに

錫杖を鳴らしつつ来て火口湖を望む断崖《きりぎし》に修験者ひとり

ここは蔵王のお釜見おろす火口丘に立つ山伏
は法螺貝吹きつ

白き砂礫の彼方山上碑見えくるをおのづから
友と声を掛け合ふ

満天の星の下なる歌碑おもふいまし霧湧く熊
野岳にて

蔵王なる茂吉の歌碑の礎《いしずゑ》の大き巌《いはほ》に身を寄せて立つ

孤独なる歌碑よと茂吉は礎に手を添へまさに仰ぎましけむ

霧ふかく茂吉の歌碑をつつむ頃同行九人熊野岳去る

蔵王より雲は下りきて谷地沼のほとりの紅葉
やがて濡らさむ

玉堂美術館

杉森の蔭にしづけき佇《たたず》まひ玉堂美術館の石段
上る

木村伊兵衛が写《うつ》せる玉堂の画室とぞ白き障子戸広く明るく

玻璃越しに谷に傾く紅葉《もみぢ》見えレモンの香る紅茶に憩ふ

橋脚のアーチに絡みたる蔦の宙に垂りゐつ早つ瀬の上《へ》に

団栗の幾許《ここだ》まろべる道に立ち日に透《す》く朱の紅葉写せり

満天星

越の海はけふも荒るると訪ねきて義姉《あね》は東京の晴れを羨む

あはれ妻はふるさとの海日本海の冬潮とよむ
頃に去《い》にしか

所望ゆゑ義姉を居酒屋に案内して法事の前夜
いささかの酒

霊園の公孫樹の黄葉《もみぢ》かがよふ日妻の十三回忌
に集《つど》ふ

国危ふくならむと妹《いもうと》弟ら疎開せしよ父のふるさとの村

疎開して無事なりしわが弟《てい》妹《まい》ぞけふの法要にみな老いの顔

亡き妻のふるさとの寺の住職になりたる甥の読経凛たり

秋晴れて蔵王のお釜見し旅を妻の法要の席に語りき

散りのこる満天星《どうだんつつじ》のもみぢ葉のひた濡れて赤しけふの氷雨に

叢雲見しや

自　平成二十六年
至　平成二十七年

平成二十六年

七海旅立つ

洗礼を為《な》ししと聞くは尊くて幼き孫にあらぬ
少女子《をとめご》

見送りの家族と別れ搭乗を待つひとときの孤独を思へ

七海《ななみ》ひとりカナダへ立たむ空港に「鳥のやうに」の曲を聞きゐし

パソコンの画面に七海が笑顔見せ「かはいい」と皆《みな》で声を送るも

スカイプのテレビ電話の画面にて新春《はる》を迎へし顔を見交《みかは》す

生日《せいじつ》といへど原稿を書き疲れ昼はコンビニの弁当を買ふ

雪の降る気配に寒き午後の街買物のメモをポケットに持つ

冬空の茜せるころ救急車来て去りゆきぬ知る
ひと乗せて

山茶花の散らず落ちざる花ひとつ寒《かん》の幾日を
くれなゐ保つ

運　命

病院に過《すぐ》すを「いのちの旅人」と詠《うた》ひし君か
その運命《さだめ》はや　悼石塚崇市氏四首

薄明の森に郭公の聞こゆると帰るべき家をひ
た恋ひにけむ

戦死せし友らが賜《た》びし生命《いのち》ぞといのちの限り
生きたまひたり

ボールペン取り落しつつ書きたまひ詠みたまひしか終《つひ》の際《きは》まで

氷上に

冬木々の枝冴え冴えと白くなり空より湧きて
雪ふり止まぬ

耳を澄ましきこえぬほどの音を聴くわが耳のこのしじまの深さ

神経をすり減らす小さき音ききし聴力検査の線図示さる

補聴器を試す耳もと潺々《せんせん》と暗騒音は流水に似つ

庭木々に雪は降りつつテレビには日本選手団
日の丸を振る

ストーンを氷上に置く女子選手まさに祈りを
こむる姿ぞ

ジャンプ台をいま大空へ踏み切るは葛西選手
ぞ黄の飛行服

雪の上に影きはやかに引き切りて翼をたたむ
ごとく着地す

氷上に舞ひ終へし真央涙ぐむその顔あげて微笑《ほほゑ》むあはれ

浅田真央選手

幻聴のごと

鉢植ゑのさざんくわ雨に散りつげば鉢をこぼるるうす紅の葩《はな》

幻聴のごと耳にありＢ29帝都侵入中のひびきの

Ｂ29の空圧しくるそのひびき老いたる耳の奥に消えざる

七十年のとほき日勤労動員にて神風鉢巻締めて励みき

かの日夜勤ならざりし我は生きのびき三月十日の大空襲に

見るかぎり焦土なりしか向島に焼け残りゐし
府立七中

焼け残りゐたる学校を夜警すと教室に泊《とま》りき
春寒き夜を

焼夷弾の燃ゆるを恐れ天井をぶち抜きてゐし
大講堂は

春の集ひ

みなとみらいの今年の桜惜しまむとホテルの窓に友集ひ寄る

杖つきて来ますます先生に見《まみ》えしは七年のまへこの窓辺なりき

先生の齢《よはひ》卒寿の新春《はる》なりき健やかに花束抱き
いましき

花束を抱く先生と奥様を高層ホテルの窓に写《うつ》
しき

眼《まな》下《した》の運河青きに散るさくらしらじらと花の
筏なしゆく

横浜の港へ導かれゆく運河散りしさくらの葩《はな》
流しゆく

ベイブリッジの沖合の空暮るる頃大観覧車光
芒放つ

携帯にてさやかの声が伝へきぬプロポーズ受
け決めしこころを

油彩

案内《あない》状に君の文字あり九十五歳のいのちを懸《か》けて描きしといふ　中村高章氏

京橋のギャラリー「くぼた」に君の絵を見て九十五歳の君に会ひたり

君の住む街は坂多き処《ところ》とぞその坂の街を描き
たまへり
その身ふるひ立たせましけむ坂の街見放くる
処にカンバス立てて
下りゆく坂の彼方の町並の夕映ゆるまで描き
まししか

老いの身にて奥様に先立たれたる悲しみ秘めて絵を描きいます

君の絵の九十五歳の力を見てわれも貫かな歌ひとすぢを

わが歌集に無農薬野菜たまひける君はいつよりか俳句始めぬ

Y・N氏

震災にめげざりし君に良き句あり「被曝の湖《うみ》よ夏の蝶」とぞ

防災拠点

街中のこの苑の葉桜蔭にして防災資材格納庫建つ

点検用チェックリストを携へて防災倉庫の内
に入りたり

倉庫をひらく正面にＤ級ポンプあり初動消防
の新鋭機なり

防災用電動チェーンソーの試運転あないさぎ
よく角材を截《き》る

新装の鋪石《しきいし》の上マンホールトイレの蓋を人踏みてゆく

防災の拠点なるこの公園の投光器用発電機見る

示威のごと

起きぬけのけさの仕事は季《とき》過ぎし紫陽花の色
褪《あ》せたるを剪る

したたかなけふの暑さに素麵を茹でむとひと
り分を取り出す

栄養のことを考へ素麺を茹でつつ肉ジャガ擬《もど》
きをも煮る

くり返しテレビが示威のごと映す迷彩服隊員
の匍匐前進

旅客機が撃墜されて向日葵の花のかがやく彼
方に消えつ

縫ひぐるみ焼け残りたり戦場の空ゆきて星となりし児ありて

少子化とふに児童虐待七万件この不思議なる国やがて亡ぶか

八月熱く

戦没者の墓苑に近き九段下八月熱く昭和館訪ふ

「サイタサイタ」サクラ読本の展示ありわが読みしより八十年の歳月

B29も爆弾も黒く描かれて「空襲必死」のポスターありき

空襲警報のサイレンの再現音を聞く津波警報
もかく響きしか

数目標鹿島灘より近づくと東部軍管区情報恐
怖の予告

情報のラジオのこゑ耳に呼びおこし情報解説
図の前去り難し

空襲の火群《ほむら》立つ街をひた逃れ水匂ふ田の畦に伏せゐし

福井空襲回想二首

情け容赦なく焼夷弾降りし街朝明けて焦土に見しものは何

抑止力を大義のごとく言ふきけば瞼《まなぶた》に立つ焦土の死者は

「エノラゲイ」の最後の生存者逝きしとぞ雲
湧く空へ蟬声《せんせい》上《のぼ》る
　ヒロシマは雨

水欲りつつ絶えし幾万のいのち思へ原爆の日
けふヒロシマは雨

一瞬の閃光に崩《く》えし煉瓦壁ふる雨はけふ瓦礫
を濡らす

映像は原爆ドーム映《うつ》しゐてその曲り梁《ばり》に雨し
ぶき降る

鶴の羽根天に捧げもつブロンズの乙女もけふ
の雨に濡れたり

萩のトンネル

パソコンに疲れつつ見るガラス窓藤の蔓幾つ
這ひ寄りてをり

歯をひとつ抜かむ身を置く治療台白きアーム
が胸もとに来る

歯をひとつ抜きたるこの身いたはりてレトルト食品の白粥を食《た》ぶ

朝の庭に蚊帳《かや》吊草《つりぐさ》の穂を抜きつまとひ付く蚊の尠《すくな》くなりて

雌日芝《めひしば》の花穂のそよぎ坪庭の芝生を侵《をか》す草を抜きゆく

鶏頭のいくばく末枯《すが》れ立つかたへ狗尾草《ゑのころぐさ》は群れて戦げり

向島百花園四首

犬蓼の穂の花あかく草叢のふかきを乱す自在なるさま

車椅子のひとの後方《しりへ》を歩み入る萩のトンネル内明るきに

築山の岩に根を張る銀杏の樹《き》繁りたる枝は風
起こすらし

勿来の歌碑

風船爆弾基地図の立札たつ道辺この四つ辻は
風の道らし

吹きわたる風の四つ辻道の辺の石文《いしぶみ》は山口茂
吉の歌碑ぞ

ここに山口茂吉の歌碑を守るごと大杉喬《たか》く風
あつめ立つ

大杉のもとに歌碑あり杉の枝に絡める蔦《つた》は黄《もみ》
葉初《ぢそ》めゐて

ふるさとの杉原谷を懐かしみ杉ふとるらむとき詠みましき

勿来なる関跡の道山坂を覆ふ大樹の松に風あり

松毬《まつかさ》は勿来の関の山路なる苔むす石に転《まろ》び落ちをり

斎藤茂吉の歌碑の台座なる石《いは》の苔むす紋様を見つ

梅干を舌に転《まろ》ばせ若妻《わかづま》と勿来の峡路《かひぢ》行きし大人《うし》はも

海青く見ゆる勿来の関の跡山茶花淡きくれなゐに咲く

天心の塚

石段《いしきだ》を危ふく上る墓どころ天心の塚に松落葉あり　岡倉天心の墓

松の木の一つ一つの影をひく苔むす庭は海へ傾く

天心邸の縁側の海へ向く先に津波到達点の標識の立つ

岬鼻の穂芒ひかるあたりまで海押しあげて津波寄せけむ

かの日津波の寄せけむ海岸線見えてけふ凪ぎわたる海の群青

五浦

浄土の苑

願成寺の浄土の苑の池ひろく鴨は群れたり水
光らせて

朱の橋の下《もと》なる池に影乱れ鯉の群れゆき鴨の
群れゆく

平安の世の阿弥陀像の漆《うるし》箔《はく》光をまとふごとく尊き

対岸に古代蓮生ふる苑池の水ゆるやかに動くさざ波

手を温め

この年の優良歌誌に選ばれし「表現」に五十
三年学びき

創刊の年よりの五十余年経て先輩歌友多く逝
きにき

「表現」の創刊者礒幾造をけふ幾人かひとは
称《たた》へぬ

その師系その師の教へ継ぐひとは晴れて先師の逸話語りき

冬晴れの空に雲なしこの朝の気温三度を投票に行く

朝寒《あさざむ》の道に出会ふは老いの顔秘密もつごと投票に行く

投票を終へて帰ればわが庭に雀三、四羽枯芝を踏む

投票を終へ来し寒き手を温め紅茶をすする選歌のまへに

平成二十七年

米寿杯

娘ふたり孫ふたりインフルエンザにてこのお
正月集《つど》ふ者なし

妻逝きてのち十余年正月は孫子《まごこ》来てにぎはふ
慣《なら》ひなりしが

たまものの米寿杯その金色のさかづきに独《ひと》り
新春《はる》をことほぐ

稿ひとつ年越えたれば元日の午後に原稿箋を
取り出す

若き日の社宅への道いまは無く駅のコンコース行きつつ惑ふ

駅を出でてここは静かなる町なりき社宅へ年賀に行きし遠き日

上司宅へ年賀に行くは慣《ならひ》なりき誰もが貧しかりし戦後に

悲報　イスラム国人質事件

荒涼たる砂漠の丘に影ひきて日本人ふたり跪きゐし

黒づくめの男がナイフかざす絵のもとに波立つ文字の連綿

殺害の脅迫のことば流れゐて七十二時間の期
限をぞ言ふ

枯芝の凍《い》つる夜明けを立つ風の胸吹き曝《さら》す悲
報ありたり

白梅の蕾はいまだ固けれど二月朔日のひかり
射したり

背《そびら》には川のごと砂の道見えて後藤健二さん
終《つひ》のまなざし

その妻と幼きふたり日本に残しし君のこころざしあはれ

震源域

遠き日に勤めゐしビルの地下街の銀行に定期の解約に来つ

民生委員訪ね来たるはわが米寿役所が祝ひ下さるといふ

優待日のとくとくクーポン忘れずに買物に出づ風寒けれど

あの羽に白紋あるは尉鶲《じょうびたき》白梅の枝にふとも飛び来つ

如月のけふ風のなき暖かさ確定申告に二キロを歩く

剣道の寒稽古に朝を出でし道霜白かりき戦ひの日に

寒稽古に通ひ励みて大本営発表の戦果疑はざりき

東北の沖なる震源域の図に余震発生点砂利のごと有り

炎に映えて　大空襲写真展

Ｂ29の大空襲より七十年その写真展を見むと家出づ

バスに乗りて北砂一丁目めざす旅戦災資料センター訪《と》はな

母子像「戦火の下で」に見《まみ》えたり空襲の火群《ほむら》
浴みし姿か

空襲警報発令時の火災発生図鮮血にじむごと
広かりき

市街地の爆撃命令を果《はた》したるB29は炎に照り
映えて去る

有楽町駅のガードの柱の蔭ただくろぐろと遺体はありき

親と子の焼死体なり子を負《おぶ》ひゐたる母の背そこのみ白く

うつぶせの母の屍《かばね》の足もとにその稚児《をさなご》もくろきしかばね

浅草寺の焼跡たづね来し人か誰もが防空頭巾
すがたに

浅草寺の瓦礫の中に木札立ち「本尊御安泰」
と誌されてゐき

国民学校三年生の習字なり「日本は神の國」
と書きたり

「神の國」と書きし習字に先生の朱筆の二重丸滲みゐつ

祝婚

胸もとに薔薇のブーケを抱《いだ》く汝《な》は白きドレスの裾曳きて立つ

女孫さやか祝婚

いつくしみ深きと祈る歌のこゑチャペルの内
を荘厳にせり

しろがねの十字架《クルス》の前に導かれ永久《とは》の誓ひを
交すふたりぞ

誓ひ交すふたりの姿亡き妻の小さき写真と共
に目守《まも》りつ

花嫁の祖父なるわれのスピーチがマイクの調子よろしく響く

スピーチのわが言葉に頷《うなづ》きくるるかな君ら二《ふ》人《たり》は微笑み見せて

新婦さやかのピアノは「レット・イット・ゴー」宴の席に合唱湧きつ

健啖

居酒屋に集ひくれたりわが米寿祝ふと若き日の仲間たち

霞ヶ浦に近き林を拓《ひら》きたる勤務地なりきみな若かりき

特許課の同志の君ら定年を過ぎて集《つど》ひて飲み
つぷり良き

若き日に共に勤めし幾人《いくたり》のいまだ老いざる健
啖を見る

定年ののち会はざりし一人《いちにん》をわが見違へつ恰
幅良きを

焔逃れき

昭和二十年七月、福井工専に入学した私は、Ｂ29による福井大空襲に焼け出され、父の故郷、上池田村月ヶ瀬に逃れた。

藁半紙を閉ぢたる如きノートにて鉛筆書きの
わが歌のこる

下宿先の爺《ぢい》さんの家財疎開さすと大八車曳き
し日ありき

敵編隊琵琶湖畔を東北進しつつありラジオに
聞きて覚悟決めしか

学校の実験機器疎開せし道の記憶に空襲の街
を逃れき

焼夷弾に燃えさかる街を逃れ逃れ田の畦に伏して夜明けを待ちき

工学の図書の幾つと歌のノート身に携へて焔《ほむら》逃れき

避難所の農家の板間命《いのち》ありし身は一杯の粥をすすりき

罹災せし身は落ち延《の》びき月ヶ瀬の山峡に蛍光
りゐたりき

巡礼のごと

空襲の焔《ほむら》くぐり来し現し身は山ふかく馬草刈
る日々なりき

瀬のひびき聞く山峡に落ちのびし武士《もののふ》ならね
草摘みて食ふ

国敗れてこの山川のしづけきに薪を拾ふ炊《かし》き
のために

神風鉢巻締めて励みし勤労の空しかりしか国
敗れたり

無言館丸木美術館昭和館われは訪《たづ》ねゆく巡礼のごと

煙草の時代

昭和はつまり煙草の時代といふ人あり軍人に恩賜の煙草ありしか

配給されし刻みたばこを煙草好き酒好きの父に譲りきわれは

煙草好き酒好きの父早く逝き煙草吸はざるわれは米寿ぞ

少年の日に胸を病みわが一生《ひとよ》夢にも煙草に手をつけざりき

わが腫瘍マーカーの数値確かめて先生は診療の終りを言ひぬ

長かりしこの病院の診療の終りしけふは赤飯を買ふ

緑樹の影

水元公園六首

浮萍《うきくさ》を泛《うか》べて沼のささ濁り緑樹の影をけふは暗くす

岸寄りにびつしりと荇菜《あさざ》浮かぶ沼その草揺らしさざ波光る

白き花捧げ保ちて蓮葉《はちすば》の打ちあふ見れば水《み》の
面《も》隠せり

午《ひる》過ぎて日光《ひかげ》照り合ふ蓮の葉の群がるところ
花白く咲く

水馬《みづすまし》動けばかすか波の立つ雲の影白く映る
水の面に

菖蒲田の花の季《とき》はや過ぎたれど梅雨の晴れ間の緑樹耀《かがよ》ふ

議場騒乱

庭隈《にはくま》の苔むす土にリラの花白きを散らし風をさまりぬ

庭木々の青葉に風のこもる昼安保法案の議場騒乱

野党議員退席するを目に追ひて議長はやをら採決を言ふ

一人《いちにん》のわれに不戦の誓ひあれど議場は儀式のごとき採決

暑けれど空に薄雲見ゆるゆゑラジオ体操会休まずに行く

去年より天然芝の荒れてゐる校庭にラジオ体操をする

百日紅

新聞に幾つみ骨を並べいます映像見れば風吹きてゐつ

ＮＨＫ沖縄戦全記録三首

洞窟《ガマ》の奥より七十年経て出できたる髑髏《されかうべ》に水を参らす写真

防衛召集といふものありき沖縄の少年ら斬込みとふ自爆に死にき

地下鉄を出でて炎昼日比谷なる苑の緑樹の耀ひ迫る

噴水のしぶく光に枝かざす老樹のさくら青葉極まる

8・15を語る集ひは地下なれば膝いたはりて階段くだる

ステージに交々に読みあぐる歌「平和をあきらめない」歌の数々

降り出でし雨かと耳を澄ますとき窓にきこゆる小雀のこゑ

わが庭の百日紅の高き枝揺れて花あかく残暑永きを告ぐる

叢雲見しや

血圧の管理手帳を持つわれは朝の地震《なゐ》あとに血圧測る

濁流の波打つ映像見つつゐてわが目に閃輝暗点おこる

生命を奪ふは戦争のみならずこたびは線状降水帯の水害

示威の声満つる街路に仰臥して人、ひと、人は叢雲《むらくも》見しや
安保関連法反対の示威

秋立つと芙蓉は種を宿しつつけさは残花のうす紅に風

災害列島

中川のほとり荒川に近き街ここに住みスーパー台風怖る

災害《ハザード》マップに街の浸水の深さなど知りつつ此処に老いて住み古る

鬼怒川決壊テレビ映像三首

濁流は家崩さむか二階なるベランダに白布振る二人あり

濁流を眼下にしたるヘリコプター懐《ふところ》に今し人を吊り上ぐ

ヘリコプターに二人が救ひ上げられて須臾に激流に家は崩れつ

鬼怒川の決壊阿蘇の大噴火日本は災害列島か
いま

採決を許さじと殺到する議員委員長席を押し
潰さむか

採決の声きこえねど数多与党議員起立し採決
終る

チリ沖の地震《なゐ》の津波はこの一夜太平洋を押し
移り来る

浅草旅情

山形県村山市奉賛の大草鞋《わらぢ》金龍山丹塗りの山
門にあり

浅草寺賑はふ隣の三社様神域しづかなり秋光満ちて

浅草の旅に夫婦《めをと》の狛犬を赤き傘《からかさ》のもとに見にけり

若き日のわれは浅草に父と来てひとつ背広を買ひてもらひき

若き日に父が選びて買ひくれし燕脂のネクタイを永く使ひき

観潮楼址四首

団子坂上りし文人の名を数へ観潮楼址《あと》の石だたみ踏む

観潮楼の庭の風情に紅萩の花枝《はなえ》のうねり風のまにまに

「三人冗語《じようご》」の石に坐りしひと思ふに石の
面《おもて》は苔の彩《いろ》せる

白き階段下る地階の一つ室《へや》森鷗外の像のみが
在《ま》す

保育園の庭きよらかに掃かれゐて茂吉の歌碑
は庭隈にあり

斎藤茂吉歌碑三首

幼子が種を蒔きけむクロッカス水仙のプランター湿りもつ土

浅草の三筋町に茂吉の歌碑を見て街灯青くともる頃去る

錦糸町駅の南のロータリー左千夫の歌碑を人は見過《みすご》す

伊藤左千夫歌碑二首

鼠黐《ねずみもち》の木陰と左千夫の歌碑との間《ま》舗道にバスを待つひと並ぶ

石蕗咲く

蔵前橋過ぎつつ見れば橋桁の黄の色映るうねる水面に　水上バス四首

大川端のマンション傾きくるかとも高層を水上バスに仰ぎつ

消防庁の「はまかぜ」といふ赤き船水脈《みを》ひきて佃大橋くぐる

浜離宮の森はかがやく島のごと水上バスの窓に近づく

斎藤茂吉のゆかり尋《たづ》ぬる友と来て代田八幡に
拍手を打つ

老いの身に孫遊ばせし茂吉かと代田八幡の庭
に憶《おも》へり

秋ふかみ小米空木《こごめうつぎ》の末枯れゐて代田川とふせ
せらぎ澄みつ

せせらぎに沿ふ道「文学の小路」とぞ美しき
青き石に刻めり

地下足袋に斎藤茂吉の歩みけむ代田川辺に石《つは》
蕗《ぶき》の咲く

新宿の大京町のビルの壁「茂吉終焉」の銘を
夕《ゆふ》光《かげ》に見つ

斎藤茂吉ここに暮らしし晩年の「わが足よわり」といふ歌あはれ

枯葉散る道

独り居の身の周《まは》りを小さき蜘蛛が走る玄関にゐて厨にもゐて

えりかさんの婚約を聞く今しばし我に健やか
にあれと言ふがに

満天星《どうだんつつじ》朱にもみぢしマイナンバー知らせる簡
易書留とどく

落葉焚き死語になりたり掃き寄せて枯れ葉も
みぢ葉袋詰めにす

郷愁に似て学生の街を行く枯葉舞ひ散る石だたみ道

駿河台近き学生の街を来てギャラリーへ狭き階段下る

野田一民展二首

ギャラリーは小さけれども白き壁に君の渾身の油絵を見る

追憶を辿るひとりの歩みにて寄り道し三楽《さんらく》病
院に来つ

病む妻を伴ひし遠き日にも似て三楽病院まへ
枯葉散る道

あとがき

歌集『霜白き道』は、前著『光の中に』につづく私の第九歌集である。本集には、平成二十三年初夏から平成二十七年歳末までの作品五百四十首を収録している。

この間の私の生活は、妻亡きのちの独り暮しが続き、娘や孫たちに支えられている自覚のもと、東日本大震災後の復興を願う一人として、老いの身に鞭打つ日々であった。

私は、礒幾造創刊、結城千賀子が編集発行する「表現」に研鑽を重ね、鋭意選者を努めてきた。その傍ら、葛飾短歌会の会長として、私の住む葛飾区の文化活動の一環としての短歌講座を受け持ってきた。

「表現」は創刊五十周年から五十五周年へ歩みを進めていた。その間に、平成二十四年には、佐渡鷲崎の「鷲山荘文学碑林」に鷲山荘主人、久保田フミエ氏（まひる野）のご尽力で、礒幾造、結城千賀子親子の歌碑が建碑され、その除幕式を兼ねて、創刊五十周年記念、佐渡、短歌の旅が実施された。また、「表現」では、礒幾造の先師、山口茂吉、さらにその師、斎藤茂吉の足跡を辿る旅を重ねてきた。すなわち、平成二十五年十月には、蔵王熊野岳の斎藤茂吉の山上碑に見《まみ》える旅、平成二十六年には、勿来文学碑探訪といわき復興支援の旅、平成二十七年には、医師、歌人として半生を東京で暮らした斎藤茂吉のゆかりの地を都内に探訪する「茂吉の東京」の旅を実施した。これらの旅を通じて、師系について認識を深めると共に、伝統の「生を写す」ひとすじの道を歩む作歌の信念を強固なものにした。

一方、平成二十七年は、戦後七十年という節目の年であった。不戦を貫いてきた日本の憲法九条の尊さを改めて思った。そして私は、若い日のB29空襲下の勤労動員、福井工専入学直後の福井大空襲による罹災など戦時体験を詠出するなどして、平和希求の思いを深めたのである。

さらに述べれば、この国には、社会保障を始め、経済政策において、国際情勢に対応する安全保障体制において、また、自然災害対策面でも、まさに暗雲が垂れ込めている。私は老いの日常、身辺を自然体で詠《うた》うと共に、人生を左右する社会環境の変動をも客観的に作歌することを心掛けた。

本歌集名『霜白き道』は、集中の歌「われは昭和の子ゆゑ忘れず十二月八日の朝の霜白き道」から採っている。終戦の日の八月十五日にくらべ、十二月八日を語る人は少ない。しかし、十二月八日こそ、この国が世界大戦の戦火の坩堝に踏み込み、凄絶な惨禍を招くことになったその日であろう。その日の、若かった私の昂揚した思いを顧み、あの朝の白皚々たる道を、敢て本集名として、激動の昭和の記憶を胸に刻み、いま平和の道を生き抜く力としたい。

本集の出版について、種々ご配慮いただいた現代短歌社の社長道具武志氏、今泉洋子氏に厚くお礼申しあげる。

平成二十八年十月

木下孝一

著者小歴

昭和２年１月18日　福井県敦賀市に生まれる
昭和22年　北陸アララギ「柊」入会
昭和23年　「アララギ」入会
昭和36年　「表現」入会
現　　在　「表現」選者　現代歌人協会会員
　　　　　日本歌人クラブ会員　日本短歌協会会員
　　　　　「斎藤茂吉を語る会」会員　葛飾短歌会会長
既刊歌集　『青き斜面』(昭・49)　『遠き樹海』(昭・55)
　　　　　『白き砂礫』(昭・62)　『木下孝一歌集』(平・１)
　　　　　『光る稜線』(平・６)　『風紋の翳』(平・10)
　　　　　『風に耀ふ』(平・15)
　　　　　『夏の記憶』(平・19)　平成20年度日本歌人クラブ
　　　　　　　　　　　　　　　　東京ブロック優良歌集賞受賞
　　　　　『光の中に』(平・24)
評論集　　『写実の信念』(平・13)

歌集 霜白き道　　表現叢書第102篇

平成28年12月８日　発行

著　者　木下孝一
〒125-0061 東京都葛飾区亀有5-11-14
発行人　道具武志
印　刷　㈱キャップス
発行所　現代短歌社

〒113-0033 東京都文京区本郷1-35-26
振替口座　00160-5-290969
電　　話　03(5804)7100

定価2500円(本体2315円＋税)
ISBN978-4-86534-196-6 C0092 ¥2315E